tito

TENDRE BANLIEUE

le grand frère

casterman

ISBN 2-203-35503-4

© Casterman 1991. Première publication : Okapi - Bayard Presse.

Droits de traduction et de reproduction réservés pour tous pays. Toute reproduction, même partielle, de cet ouvrage est interdite. Une copie ou reproduction par quelque procédé que ce soit, photographie, microfilm, bande magnétique, disque ou autre, constitue une contrefaçon passible des peines prévues par la loi du 11 mars 1957 sur la protection des droits d'auteur.

Imprimé en Belgique par Casterman, S. A., Tournai. Dépôt légal : septembre 1991; D. 1991/0053/164.

Déposé au Ministère de la Justice, Paris (loi n° 49.956 du 16 juillet 1949 sur les publications destinées à la jeunesse).

DAVID !... MAIS QU'EST-CE QUE TU FAIS LÀ ?

TIENS !...
BONJOUR
PATRICIA !...

ÇA N'A PAS L'AIR D'ALLER, QU'EST-CE QUI T'ARRIVE ?...

J'EN AI MARRE, MES PARENTS N'ARRÊTENT PAS DE SE DISPUTER... POUR UN OUI OU POUR UN NON, ILS SE FONT DES SCÈNES PAS POSSIBLES!...

AH! CE N'EST QUE CELA!... ALORS NE T'INQUIÈTE PAS... CE N'EST RIEN... CHEZ MOI AUSSI CELA ARRIVE DE TEMPS EN TEMPS, TU VERRAS... ÇA PASSERA!...

PAS CETTE FOIS-CI, ILS PARLENT MÊME DE DIVORCE.

ET... TU CROIS QUE C'EST SÉRIEUX?

OH, OUI, J'EN AI BIEN PEUR!...

MAIS CE QUI M'INQUIÈTE LE PLUS, C'EST THIERRY... IL PREND TRÈS MAL LA CHOSE!... IL TRAÎNE DE PLUS EN PLUS DEHORS...

...REMARQUE, C'EST COMME MOI, JE NE SUPPORTE PLUS D'ÊTRE À LA MAISON!

C'EST BÊTE... J'ESPÈRE VRAI-MENT QUE ÇA S'ARRANGERA... C'EST VRAI QUE POUR THIERRY CE DOIT ÊTRE ENCORE PLUS DUR...

AU MÊME MOMENT.

LA VACHE !... QU'EST-CE QU'ELLE NOUS A MIS COMME DEVOIRS !

QU'EST-CE QUE TU AS THIERRY ?... TU N'AS PAS ARRÊTÉ DE FAIRE LA TÊTE TOUTE LA JOURNÉE ?...

...TES PARENTS SE SONT ENCORE DISPUTÉS HIER SOIR ?...

OUAIS... ET JE SUIS SÛR QU'ILS RECOMMENCERONT CE SOIR... JE N'AI MÊME PAS ENVIE DE RENTRER À LA MAISON !

TU N'AS QU'À PAS LES ÉCOUTER !...

...TU SAIS: CHEZ MOI AUSSI, IL Y A DES PROBLÈMES... PAPA EST AU CHÔMAGE ET COMME IL EST ÉTRANGER, C'EST PAS FACILE POUR LUI DE TROUVER DU TRAVAIL!

ET TA MÈRE, QU'EST-CE QU'ELLE DIT?

MAMAN EST MORTE QUAND J'AVAIS TROIS ANS!...

J'AIME BIEN ÊTRE AVEC TOI, NACER, TU ES CHOUETTE!... ET PUIS ON PEUT TE PARLER DE PLEIN DE CHOSES, TU LES COMPRENDS!

BEN, BIEN SÛR, QU'EST-CE QUE TU CROYAIS?... QUE J'ÉTAIS IDIOT?...

BON, JE TE LAISSE!... NE T'EN FAIS PAS POUR TES DEVOIRS... LA PROF NOUS A PARLÉ D'INTÉRRO MAIS JE SUIS SÛR QU'ELLE NE LA FERA PAS!

À DEMAIN!...

6

CE SOIR-LÀ.

ELLE EST ENCORE TROP SALÉE, TA PURÉE !...

LA PROCHAINE FOIS TU N'AURAS QU'À LA FAIRE TOI-MÊME ! ... C'EST TOUJOURS PAREIL : MONSIEUR NE FAIT RIEN, MAIS IL NE SE GÊNE PAS POUR CRITIQUER CE QUE FONT LES AUTRES !

JE N'AI RIEN DIT DE GRAVE, J'AI SIMPLEMENT FAIT RE-MARQUER QUE TA PURÉE ÉTAIT SALÉE... C'EST VRAI, SI TU N'AVAIS PAS CETTE MANIE DE METTRE TANT DE SEL DANS TOUS LES ALIMENTS, ILS SERAIENT PLUS APPÉTISSANTS !

ÉCOUTE, SI TU N'ES PAS CONTENT, VA MANGER AILLEURS ... OU ALORS, TU N'AS QU'À M'AIDER !

OH, ET PUIS ZUT !

LE LENDEMAIN, MERCREDI...

ET ELLE EST LOIN CETTE MAISON ?

OH, NON !... ET TU VERRAS C'EST CHOUETTE !

ELLE A L'AIR BIEN TA MUSIQUE !

QU'EST-CE QUE TU DIS ?...

NON, RIEN CONTINUE SALE ÉGOÏSTE !

?!

VOILÀ LA MAISON !

EXTRA!

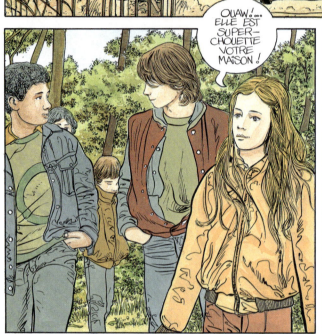

10

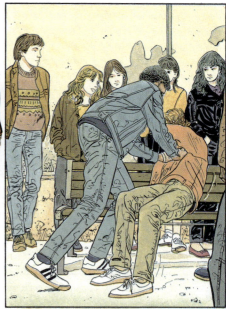

...C'EST TROP ! T'AS VU UN PEU COMMENT IL M'A LANCÉ SON DIRECT ?... OH LE CHIEN !

NON MAIS T'AS VU ÇA ?

OUI IL EN VOULAIT !

BON, VOUS AVEZ COMPRIS ?... ALORS SORTEZ VOS LIVRES, NOUS ALLONS RÉVISER.

...MAIS CELUI-LÀ, SI JE ME LE CHOPE UN JOUR, TU VAS VOIR !

NE FAIS PAS ATTENTION !... IL A DIT N'IMPORTE QUOI !

C'EST PAS SEULEMENT ÇA ! MAIS IL NE FAUDRAIT PAS QU'IL SE CROIE...

...PLUS FORT QUE MOI !

OÙ SONT DONC VOS LIVRES MESSIEURS ?...

C'EST BIEN!... JE SUPPOSE QUE VOUS DEVEZ CONNAÎTRE LE COURS PAR COEUR, PUISQUE VOUS N'AVEZ PAS BESOIN DE LE SUIVRE AVEC L'AIDE DU LIVRE... EH BIEN, OÙ EN ÉTIONS-NOUS?

HEU...

ALORS, QU'EST-CE QUE JE DISAIS? VOUS NE M'ÉCOUTIEZ PAS?

SI... SI MAÎS...

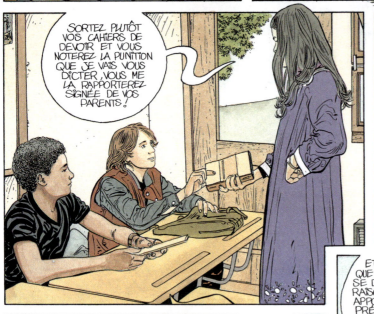

SORTEZ PLUTÔT VOS CAHIERS DE DEVOIR ET VOUS NOTEREZ LA PUNITION QUE JE VAIS VOUS DICTER, VOUS ME LA RAPPORTEREZ SIGNÉE DE VOS PARENTS!

LA VACHE!... UNE PUNITION EN PLUS, ÇA NE VA PAS FAIRE PLAISIR À MON PÈRE!

ET MOI: DÉJÀ QUE MES PARENTS SE DISPUTENT SANS RAISON, JE LEUR APPORTE UN BEAU PRÉTEXTE... JE N'AI PAS ENVIE DE RENTRER CHEZ MOI!

ET SI ON NE RENTRAIT PAS?...

15

C'EST CHOUETTE, MAINTENANT ON VA ÊTRE COMPLÈTEMENT LIBRE !

OUI, PEUT-ÊTRE

PENDANT CE TEMPS.

MAIS... TON FRÈRE N'EST PAS AVEC TOI ?...

BEN NON, BIEN SÛR !... TU SAIS BIEN QU'IL RENTRE TOUJOURS BEAUCOUP PLUS TÔT QUE MOI !...

... ET PUIS AUJOURD'HUI, JE SUIS MÊME ALLÉ À LA BIBLIOTHÈQUE.

MON DIEU !... MAIS... IL NE T'AVAIT PAS DIT S'IL AVAIT QUELQUE CHOSE À FAIRE APRÈS L'ÉCOLE ? IL A PEUT-ÊTRE OUBLIÉ DE ME PRÉVENIR !

OH NON, C'EST PAS VRAI !

ET ÇA FAIT PLUS DE TROIS HEURES QU'IL DEVRAIT ÊTRE LÀ ... CE N'EST PAS NORMAL.

TU DEVRAIS TÉLÉPHONER À L'ÉCOLE, ILS ONT PEUT-ÊTRE FAIT UNE SORTIE OU QUELQUE CHOSE COMME CELA ...

J'AI DÉJÀ TÉLÉPHONÉ, SA CLASSE EST SORTIE À L'HEURE HABITUELLE ! ...

AH ! ON OUVRE LA PORTE, C'EST PEUT-ÊTRE THIERRY !... THIERRY ?

17

PIERRE... MON DIEU !

QU'EST-CE QUI SE PASSE ?

THIERRY... IL N'EST PAS ENCORE RENTRÉ, J'AI TÉLÉPHONÉ À SON ÉCOLE : IL EST SORTI IL Y A PLUS DE TROIS HEURES... IL... IL A DÛ AVOIR UN ACCIDENT...

BON, CALME-TOI !... ON VA TÉLÉPHONER À LA POLICE POUR SE RENSEIGNER.

TU TE RENDS COMPTE, LA TÊTE QU'ELLE VA FAIRE LA PROF, DEMAIN... ELLE PEUT TOUJOURS L'ATTENDRE NOTRE PUNITION !

HÉ HO ! TU M'ÉCOUTES ? À QUOI TU PENSES ?

J'ÉTAIS EN TRAIN DE ME DIRE QUE MES PARENTS DOIVENT COMMENCER À S'INQUIÉTER MAINTENANT.

MAIS, LAISSE BÉTON !... TU M'EMBÊTES AVEC TES PARENTS, MON PÈRE AUSSI IL DOIT S'IN- QUIÉTER, ET ALORS ?...

... REMARQUE, SI TU REGRETTES, ON PEUT TOUJOURS RENTRER !

NON, NON... MAINTENANT ON VA JUSQU'AU BOUT !

VOUS EN ÊTES BIEN SÛR ?...

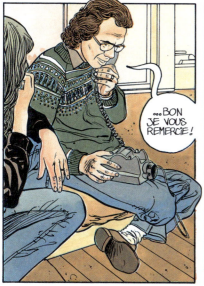

...BON JE VOUS REMERCIE !

MAIS POURQUOI NE LEUR AS-TU PAS DEMANDÉ DE LE RECHERCHER ?... CE N'EST QUAND MÊME PAS NORMAL !

MAIS VOYONS, ON NE PORTE PAS PLAINTE COMME ÇA !...

IL PEUT ÊTRE ALLÉ CHEZ UN DE SES COPAINS.

PAPA A RAISON !... ON DEVRAIT ATTENDRE ENCORE UN PEU... D'AILLEURS, JE CROIS SAVOIR OÙ IL EST !

TU SAIS OÙ IL EST ?... ET TU NE DIS RIEN !

OÙ EST-IL ?

19

C'EST LÉGER COMME DÎNER MAIS ÇA FAIT DU BIEN... JE COMMENÇAIS À AVOIR LA DALLE!

QU'EST-CE QU'ON VA FAIRE POUR MANGER DEMAIN?

DEMAIN, ON IRA TRAVAILLER AU MARCHÉ, JE CONNAIS UN P'TIT VIEUX SUPERSYMPA... JE L'AIDE DE TEMPS EN TEMPS, LES DIMANCHES MATIN OU LES SAMEDIS QUAND ON N'A PAS D'ÉCOLE!... IL ME DONNE TOUJOURS UN PEU DE SOUS... TU VERRAS, COMME ÇA, ON POURRA S'ACHETER DE QUOI MANGER!

T'ES FOU!... TRAVAILLER AU MARCHÉ!... ON RISQUE DE RENCONTRER NOS PARENTS!

MAIS NON JE PARLE DU VIEUX MARCHÉ, CELUI QUI EST À L'AUTRE BOUT DE LA VILLE!...

NACER, TU N'AS PAS FROID?

SI, UN PEU!

JE ME DEMANDE CE QUE PENSENT NOS PARENTS EN CE MOMENT.

OOOH! LAISSE-LES TRANQUILLES ET DORS... DEMAIN ON DOIT SE LEVER TÔT.

20

PENDANT CE TEMPS...

...MAIS JE N'EN SUIS PAS SÛR, EN TOUT CAS, NACER EST SON MEILLEUR AMI. SI THIERRY N'EST PAS AVEC LUI, NACER POURRA PEUT-ÊTRE ME DIRE OÙ IL SE TROUVE !...

J'Y VAIS TOUT DE SUITE !...

NOUS ALLONS AVEC TOI !...

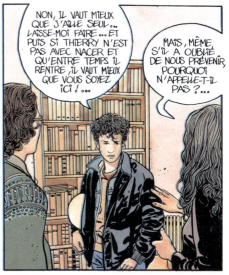

NON, IL VAUT MIEUX QUE J'AILLE SEUL... LAISSE-MOI FAIRE... ET PUIS SI THIERRY N'EST PAS AVEC NACER ET QU'ENTRE TEMPS IL RENTRE, IL VAUT MIEUX QUE VOUS SOYEZ ICI !...

MAIS, MÊME S'IL A OUBLIÉ DE NOUS PRÉVENIR, POURQUOI N'APPELLE-T-IL PAS ?...

NE T'INQUIÈTE PAS, M'MAN, IL EST SÛREMENT AVEC NACER... NOUS SERONS TRÈS VITE DE RETOUR !

NON !

21

BONJOUR MONSIEUR, JE SUIS LE FRÈRE DE THIERRY, UN AMI DE NACER... MON FRÈRE N'EST PAS RENTRÉ À LA MAISON ET JE VENAIS VOIR S'IL N'ÉTAIT PAS CHEZ VOUS AVEC VOTRE FILS.

MON FILS NON PLUS N'EST PAS À LA MAISON !... MAIS ENTREZ, JE VOUS EN PRIE !

C'EST INCROYABLE !... ET VOUS N'AVEZ AUCUNE IDÉE DE L'ENDROIT OÙ ILS PEUVENT ÊTRE ?

NON AUCUNE !

J'AI BIEN DEMANDÉ À ROKIA, UNE PETITE VOISINE QUI EST DANS LA MÊME ÉCOLE QUE NACER... MAIS ELLE NE SAIT PAS OÙ IL PEUT ÊTRE !

ROKIA ?... MON FRÈRE M'A DÉJÀ PARLÉ D'ELLE... JE POURRAIS LA VOIR ? OÙ HABITE-T-ELLE ?

EN DESSOUS DE CHEZ NOUS, MAIS ATTENDEZ, JE VOUS ACCOMPAGNE !

UN PEU PLUS TARD.

TU CONNAIS THIERRY ?... JE SUIS SON FRÈRE !

BIEN SÛR QUE JE LE CONNAIS !... MAIS JE NE SAIS PAS OÙ ILS SONT !

TU PENSES QUE NACER ET LUI SONT ENSEMBLE ?

ÇA, J'EN SUIS SÛRE, ILS SONT TOUJOURS ENSEMBLE ! ...

TU AS DÛ LES VOIR À L'ÉCOLE, AUJOURD'HUI... ILS NE T'ONT RIEN DIT ?

TU NE LES AS PAS ENTENDUS PARLER ENTRE EUX ?

SI TU SAIS QUELQUE CHOSE, TU DOIS LE DIRE, MA FILLE !...

DEPUIS QUELQUE TEMPS, ILS PARLAIENT SOUVENT DE PARTIR, DE NE PLUS RENTRER CHEZ EUX...

ET ILS NE T'ONT JAMAIS DIT OÙ ILS IRAIENT S'ILS FAISAIENT UNE FUGUE ?

UNE FUGUE ?

OUI, ENFIN, S'ILS NE REN- -TRAIENT PLUS CHEZ EUX !

NON.

25

ET THIERRY !... OÙ EST THIERRY ?!

CALME-TOI, JE VAIS VOUS EXPLIQUER.

NACER NON PLUS N'EST PAS RENTRÉ, IL EST SÛRE-MENT AVEC, THIERRY ! ... ILS ONT DÛ FAIRE UNE PETITE FUGUE ! ...

UNE FUGUE ?... MAIS POURQUOI UNE FUGUE ?!... QU'EST-CE QUE CELA VEUT DIRE ?... POUR QUELLE RAISON A-T-IL FAIT UNE FUGUE ?

CALME-TOI MAMAN ! ... JE NE SAIS PAS CE QUI L'A DÉCIDÉ À FAIRE ÇA, MAIS CE QUE JE SAIS, C'EST QUE DEPUIS QUELQUE TEMPS, THIERRY N'ÉTAIT PAS HEUREUX À LA MAISON.

PAS HEUREUX ! ET POURQUOI CELA ? ...

MAIS À CAUSE DE PAPA ET TOI ... VOUS N'ARRÊTEZ PAS DE VOUS DISPUTER SANS RAISON, C'EST DEVENU INSUPPORTABLE ET THIERRY EN SOUFFRE ... TOUT COMME ... MOI !

ET POURQUOI NE NOUS AVEZ-VOUS RIEN DIT ?

VOUS N'AVEZ RIEN DEMANDÉ !

DRiiNG!
DRiiiNG!

ALLÔ! ... OUI ... NE QUITTEZ PAS MADEMOI--SELLE ! ...

C'EST POUR TOI DAVID !

OUI ? ALLÔ ? ...

BONJOUR DAVID, C'EST MOI ROKIA ... J'AI RÉFLÉCHI À CE QUE TU M'AS DIT HIER SOIR ET CE MATIN JE ME SUIS SOUVENUE D'UN ENDROIT OÙ ILS PEUVENT ÊTRE ... SI TU VEUX, JE PEUX T'ACCOMPAGNER ...

C'EST FORMIDABLE ROKIA !! ... TU ES CHOUETTE ! ... ATTENDS-MOI, J'ARRIVE TOUT DE SUITE !

C'ÉTAIT ROKIA ... ELLE CROIT SAVOIR OÙ ILS SONT! ... J'Y VAIS TOUT DE SUITE AVEC ELLE ... NE VOUS INQUIÉTEZ PAS, ON VA VITE LES RETROU--VER !

SURTOUT NE PREVENEZ PAS ENCORE LA POLICE, ATTENDEZ QUE JE REVIENNE !

ALORS FAIS VITE !

BONJOUR ROKIA !

HUM !... QU'EST-CE QU'IL EST BEAU !

BONJOUR DAVID !

?!

J'AI PRÉVENU LE PÈRE DE NACER POUR LE RASSURER... IL N'A PAS DORMI DE LA NUIT.

IL N'EST PAS LE SEUL !

PAR OÙ EST-CE QUE JE VAIS ?

TU VAS TOUT DROIT, C'EST DANS LE BOIS DE VERRIÈRES !

HÉ ! DAVID !... ATTENDS !

?

QU'EST-CE QUE TU FAIS PAR ICI À CETTE HEURE ?...

OH LÀ LÀ! JE VOUS RACONTERAI! MAIS QU'EST-CE QUE VOUS DEVENEZ VOUS DEUX ?... ÇA FAIT LONGTEMPS QU'ON NE VOUS VOIT PLUS!

J'ALLAIS TE DIRE LA MÊME CHOSE... AU FAIT, TU ES AU COURANT POUR SAMEDI PROCHAIN ?...VIRGINIE* NOUS INVITE À SON ANNIVERSAIRE !... TU VAS VENIR J'ESPÈRE ?

BIEN SÛR, JE NE VAIS PAS RATER ÇA !...

DIS DONC DAVID, TU LES PRENDS AU BERCEAU MAINTENANT ?

?!

POURQUOI ? ÇA TE DÉRANGE ?

HEU...BON... ON VOUS LAISSE, ON EST TRÈS PRESSÉS... JE VOUS RACONTERAI SAMEDI PROCHAIN.

SALUT!

AU REVOIR, DAVID !...

PEU APRÈS, DANS LE BOIS DE VERRIÈRES.

C'EST ICI !... LA MAISON EST PAR LÀ!

* VOIR ALBUM "VIRGINIE".

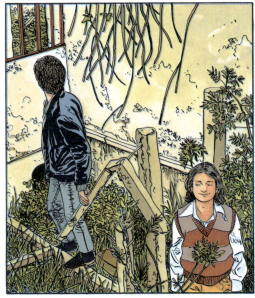

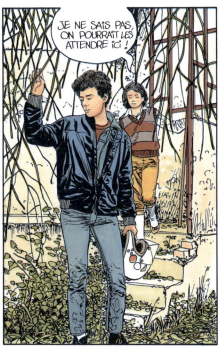

COMMENT SE FAIT-IL QUE VOUS NE SOYEZ PAS EN CLASSE CE MATIN ?

NOTRE PROFESSEUR EST EN STAGE DE FORMATION PÉDAGOGIQUE !

ENCORE !

C'EST VRAI QU'IL EST SYMPA !

AH ! TU VOIS !

DIS DONC PETIT, C'EST COMBIEN ÇA ?

CINQUANTE FRANCS SEULEMENT, MADAME !

TIENS, VOILÀ !

MERCI MADAME !

TU VOIS, CE N'EST PAS DIFFICILE... TU FAIS COMME NACER ET N'OUBLIE SURTOUT PAS D'ÊTRE POLI.

OUI M'SIEUR !

DIS-MOI, MON GARÇON, COMBIEN ÇA COÛTE ?

HEU... ATTENDEZ, MADAME !

UN CHEMISIER COMME CELUI-LÀ, C'EST COMBIEN ?

C'EST QUATRE VINGTS FRANCS !

MAIS DE QUOI IL SE MÊLE CELUI-LÀ ? JE NE T'AI RIEN DEMANDÉ, ESPÈCE DE NÈGRE !

?!?

C'EST MON AMI, MADAME, ET IL CONNAÎT LES TARIFS MIEUX QUE MOI !

ILS PASSENT UNE FIN DE SEMAINE FORMIDABLE.

LE SAMEDI SOIR, ILS VONT MÊME, TOUS ENSEMBLE, AU CINÉMA. CELA NE S'ÉTAIT PAS PRODUIT DEPUIS UN BON BOUT DE TEMPS.

J'AI DÉJÀ VU CE FILM, MAIS ÇA NE ME GÊNE PAS DE LE REVOIR, IL EST TRÈS BEAU !

LE DIMANCHE SOIR, APRÈS DÎNER.

BON !... MOI, JE VAIS ME COUCHER !

...DE TOUTE FAÇON, ÇA NE CHANGE RIEN POUR NOUS !

...OUI, BIEN SÛR !... MAIS TU VOIS, IL FAUT FAIRE ATTENTION AUX ENFANTS !... NOUS DEVONS LEUR FAIRE COMPRENDRE PETIT À PETIT...

...ET POUR LES AVOCATS, COMMENT FERONS-NOUS ?

EN NOUS EXPLIQUANT BIEN, NOUS ÉVITERONS TROP DE DÉGÂTS !

ATTENTION QUAND MÊME, CES HISTOIRES DE DIVORCE, ÇA PEUT COÛTER TRÈS CHER !

DIVORCE ?!

LUNDI MATIN.

C'EST VRAI ? ET OÙ EST-CE QUE VOUS VOUS ÊTES CACHÉS ?

TU NE PENSES PAS QU'ON VA TE LE DIRE !

ET VOUS CROYEZ LEUR HISTOIRE ?... C'EST POUR FRIMER QU'ILS ONT INVENTÉ CELA !...

TOI, COMMENCE PAS À CHERCHER DES CROSSES !

VOTRE ABSENCE DE SAMEDI, ÇA PROUVE RIEN, BANDE DE FRIMEURS !

VAS-Y, LAURENT, TAPE-LUI DESSUS !

NE TE LAISSE PAS FAIRE, THIERRY !

22, V'LÀ LE PION !

QU'EST-CE QUI SE PASSAIT ?... VOUS VOUS BATTIEZ ?

NON, NON M'SIEUR, C'ÉTAIT RIEN ! ON JOUAIT ! ...

ON N'AURAIT PAS DÛ LEUR RACONTER NOTRE HISTOIRE !... ÇA AURAIT ÉTÉ NOTRE SECRET !...

CE N'EST PAS GRAVE, DES SECRETS, NOUS EN AURONS D'AUTRES !

LES JOURS PASSENT.

ÇA VA MIEUX, TES PARENTS ?

JE NE SAIS PAS !... ILS SE DISPUTENT MOINS QU'AVANT, MAIS DES FOIS, MAMAN A L'AIR D'AVOIR PLEURÉ...

TU CROIS QU'ILS VONT SE SÉPARER ?

JE NE SAIS PAS !!... ET PUIS ÇA NE TE REGARDE PAS !

?!

EXCUSE-MOI, THIERRY, JE NE VOULAIS PAS TE FAIRE DE PEINE !

MAIS TU NE ME FAIS PAS DE PEINE... SEULEMENT, C'EST VRAI : VOUS AUTRES LES FILLES, VOUS VOULEZ TOUT SAVOIR !

BONJOUR !

38

40

J'SAIS PAS!

OOOH!... VOUS N'ALLEZ PAS PLEURNICHER?

ALLEZ VENEZ, ON VA JOUER!

HOU! LES MAUVIETTES!... ILS ALLAIENT PLEURNICHER!

ATTENDS UN PEU!... TU VAS VOIR!

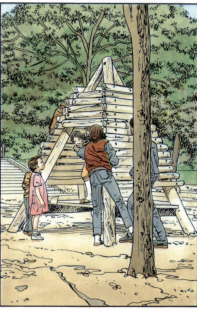

LE LENDEMAIN.

MAIS... MON CHÉRI, TU AS MÊME DE LA FIÈVRE!... RESTE AU LIT, JE VAIS APPELER LE DOCTEUR. TU AS MAL QUELQUE PART?...

...OUI... AU CŒUR!

42

QUELQUES JOURS APRÈS LE DÉPART DE NACER.

SANS NACER, CE N'EST PLUS PAREIL!...

AH, BEN, MERCI!... C'EST SYMPA POUR MOI!

CE N'EST PAS CE QUE JE VOULAIS DIRE!... MAIS ÇA ME FAIT DE LA PEINE DE SAVOIR QU'ON NE LE REVERRA PEUT-ÊTRE PLUS JAMAIS!

JE SAIS BIEN, MOI AUSSI CELA ME FAIT DE LA PEINE!... MAIS QU'EST-CE QUE TU VEUX?...C'EST COMME ÇA!

OUI, C'EST COMME ÇA!...

BON ALLEZ, JE TE LAISSE!... À BIENTÔT THIERRY!

SALUT ROKIA!

DIS DONC, C'EST TA PETITE AMIE, CETTE JOLIE FILLE?

MAIS NON, C'EST UNE COPINE!

C'EST BIEN CE QUE JE DISAIS!

VOUS ÊTES BÊTES!

THIERRY... VA DIRE À TON FRÈRE QUE LE DÎNER EST PRÊT!

ON EST BIEN, TOUS ENSEMBLE, HEIN, MAMAN ?...

VIENS VOIR MON CHÉRI... J'AI À TE PARLER !

TU SAIS QUE PAPA ET MOI, NOUS NE NOUS ENTENDONS PLUS TRÈS BIEN... ENFIN, PLUS COMME AVANT... MAINTENANT NOUS NE SUPPORTONS PLUS, LUI ET MOI, D'ÊTRE ENSEMBLE... ALORS... NOUS ALLONS NOUS SÉPARER.

...NOUS AVONS ESSAYÉ DE FAIRE DES EFFORTS POUR CONTINUER À NOUS ENTENDRE MAIS CE N'EST PAS FACILE, TU SAIS !...

VOUS NE SEREZ PLUS JAMAIS ENSEMBLE ?

SI... DE TEMPS EN TEMPS, POUR DAVID ET TOI...

MAIS... EST-CE QUE ÇA VA S'ARRANGER ?

PAS COMME TU LE DÉSIRERAIS, MAIS NOUS ESSAIERONS, TON PÈRE ET MOI, DE FAIRE EN SORTE QUE VOUS NE SOUFFRIEZ PAS TROP TOUS LES DEUX...

QU'EST-CE QUE TU VEUX DIRE ?

44

LE LENDEMAIN, DANS LA SOIRÉE.

SOYEZ PRUDENTS, HEIN ?... ET NE RENTREZ PAS TROP TARD !...

MAIS NON PAPA !

ALORS THIERRY, TU TE DÉPÊCHES ?

OUI, OUI, J'ARRIVE !

VOILÀ !

BON !... ON Y VA !...

AMUSEZ-VOUS BIEN LES ENFANTS !

TU VAS VOIR, ÇA VA ÊTRE UN BON CONCERT !

EXTRA !

C'EST CHOUETTE D'AVOIR UN GRAND FRÈRE !

"Ce que je cherche à faire passer dans mes bandes dessinées,
avant tout, c'est de l'émotion.
Qu'elle soit provoquée par la joie, la tristesse ou un regard,
l'important, c'est que le lecteur ressente un petit trouble.
Même si dans cette série, la plupart des personnages ont entre
dix et dix-huit ans, je suis persuadé qu'il n'y a pas
de limite d'âge pour la lire.
Il est bon que les adultes reviennent de temps en temps à cette
période fragile et tendre qu'est l'adolescence.
En fait, on n'en sort jamais vraiment et c'est tant mieux."
TITO